APPRENTIS LECTEURS

GASTON
ET FRIPON

Charnan Simon

Illustrations de Gary Bialke

Texte français de Louise Binette

Éditions
■SCHOLASTIC

Pour Dasher et sa merveilleuse famille :
Tom, Jeanne, Jamie, Colin, T.J., Ryan
et Tierney Marie.
— C.S.

Pour Derek, l'irascible wallaby
qui vit sous mon perron
— G.B.

Catalogage avant publication de Bibliothèque
et Archives Canada

Gaston et Fripon / Charnan Simon;
illustrations de Gary Bialke;
texte français de Louise Binette.

(Apprentis lecteurs)
Traduction de : Sam and Dasher.
Pour les 3-6 ans.
ISBN-13 : 978-0-545-99801-7
ISBN-10 : 0-545-99801-8

I. Bialke, Gary II. Binette, Louise III. Titre.
IV. Collection.

PZ23.S545Gast 2007   j813'.54   C2006-906086-X

Édition publiée par les Éditions Scholastic,
604, rue King Ouest, Toronto (Ontario) M5V 1E1.

5 4 3 2 1   Imprimé au Canada   07 08 09 10 11

Gaston, le chien d'Annie,
a beaucoup d'amis.

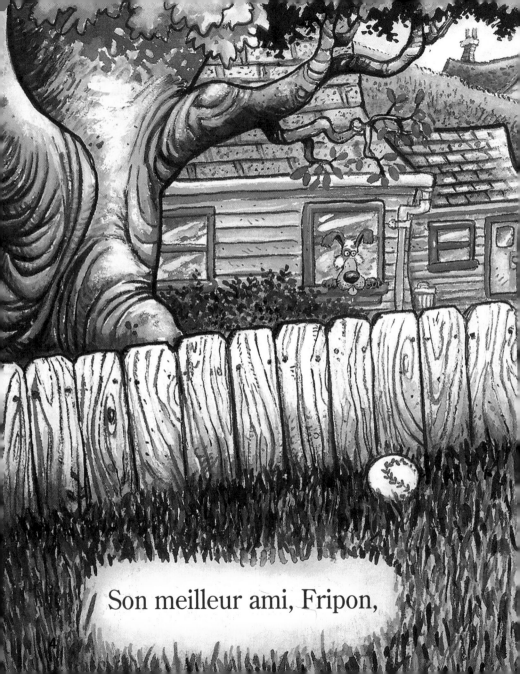

Son meilleur ami, Fripon,

habite juste à côté.

Gaston et Fripon jouent à se poursuivre.

Ils jouent à tirer la corde.

Ils jouent à lutter dans la boue.

Gaston adore Fripon. Fripon adore Gaston.

Un jour, Gaston s'ennuie.

Tout à coup… Surprise!

Gaston est ravi!

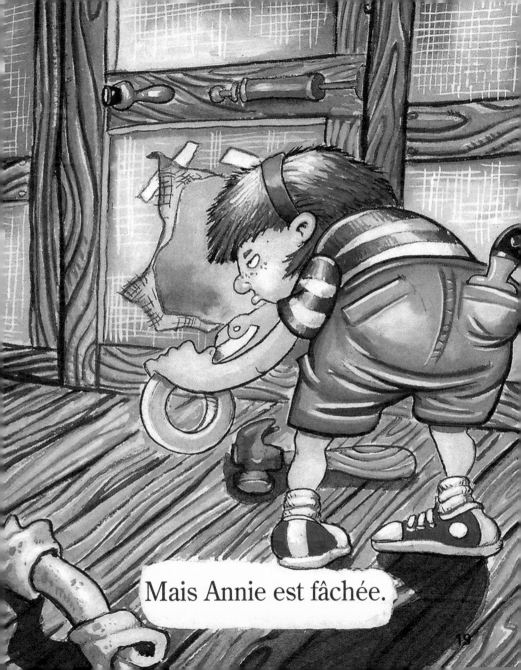

Mais Annie est fâchée.

Le lendemain, Gaston va voir Fripon,

tout seul.

Gaston est ravi!

Le troisième jour,
les chiens se poursuivent partout.

Annie est encore plus fâchée.

Mais elle aime
tellement Gaston

Maintenant,
tout le monde est content!

LISTE DE MOTS

a	dans	la	se
à	des	le	seul
adore	elle	les	solution
aime	encore	lendemain	son
ami	est	lutter	surprise
amis	et	maintenant	tellement
Annie	fâchée	mais	tirer
beaucoup	Fripon	meilleur	tout
boue	Gaston	monde	tout à coup
chien	habite	partout	troisième
chiens	ils	plus	trouve
clous	jouent	poursuivent	un
content	jouer	poursuivre	va
corde	jour	ravi	venu
côté	juste	s'ennuie	vite
			voir